IL EST UN

par PAVIE

BRIONNE

—

IMPRIMERIE, LIBRAIRIE, V. DAUFRESNE

—

1879

BRIONNE. — IMPRIMERIE, LIBRAIRIE V. DAUFRESNE

IL EST UN

En principe, un, est l'origine d'un tout.

En effet, d'où provient tout l'ensemble de la nature? Ne provient-il pas d'un chaos, qui produisit tout l'Univers accompagné de tout son éclatant et indéfinissable mobilier; dont chaque partie qui le compose sont munies des ressorts qui lui sont propres pour agir librement et toujours dans la même direction. Mais d'où vient un tel pouvoir d'une aussi incompréhensible division? Il provient d'un seul être qui, par sa volonté, tout fut fait.

Tout ce que la nature nous offre provient d'un germe proexistant. Cet être, infiniment puissant, qui est Dieu, fixant cet assemblage varié de tant de créations pour embellir la nature, peupla les airs d'une merveilleuse collection d'oiseaux qui en sont le décors et en font notre admiration. Dieu voulant perfectionner son œuvre, fit l'homme, le créa à sa ressemblance, comme seule créature raisonnable, il le pourvut de tous pouvoirs sur la terre et un seul homme fût l'auteur des populations.

Tout ce que nous voyons, tout ce que nous possédons, est sorti des mains de Celui qui a originairement fait un. C'est cet un qui, chez les nations, a éveillé l'amour-propre encore engourdi, qui a stimulé l'ambition, leur a inspiré l'émulation qui les a conduites dans la voie du progrès et du progrès à l'innovation.

Un père, dans chaque famille, est le seul qui a reçu le droit d'autorité. Un Roi élevé sur le trône d'une nation, le sceptre ses sujets. Dieu étant seul l'auteur de la création, seul, il peut disposer de toute la nature.

Le manque d'obéissance envers une autorité quelconque, de tout temps, fut le principe d'une révolution.

La révolution eut naissance au ciel, l'histoire nous le dit. L'histoire est un vaste monument appartenant à tous les peuples, puisqu'on y remarque les faits accomplis par chacun.

Cette révolution du ciel fut suscitée par des anges jaloux de l'autorité suprême, qui les précipita dans les abîmes de l'enfer. La désobéissance d'Adam ne fut-elle pas une révolte envers son auteur, ses enfants héritiers ; la discorde se glissa parmi eux et, pour la première fois, la terre fut arrosée de sang humain, semence qu'elle recueillit comme devant se propager. Un meurtre fut le commencement des maux qui, par la suite, ont inondé la terre et qui l'inondent encore. Les nations investies du germe de corruption, ce premier monde, ainsi que tous ses produits, le tout fut anéanti. A la suite de cet épouvantable bouleversement universel, une renaissance s'opéra. Comme par un enchantement, une nature toute nouvelle reparut et le genre humain, suivant l'impulsion de la nature, en peu de temps la terre se vit repeuplée. Que produisit ce monde nouveau ? L'histoire nous dit qu'il se présenta accompagné des mêmes vices et avec plus d'audace que le premier monde ; en ce que les hommes craignant le châtiment de leurs crimes, pour s'y soustraire, eurent l'audace de construire une tour qui s'élevât jusqu'au ciel ; mais, Dieu qui d'un seul mot peut interdire les plus vastes et secrets projets, les confondit dans leur langage ; [ne se comprenant plus, ils abandonnèrent leurs travaux ; cette confusion fut l'origine des langues qui sont en usage.

L'engendrement se poursuivant si tellement que les familles

furent forcées de se diviser par bandes, chaque famille, pour sa conduite, s'élut un chef. Les descendants de Sem s'établirent dans l'Asie supérieure, ceux de Cham se fixèrent tant en Asie qu'en Afrique et ceux de Japhet en Asie et en Europe.

On vit alors paraître les royaumes et les empires d'Egypte, de Syécone, de la Babylonie, de l'Assyrie, de la Grèce, de la Chine, etc.

Dieu ne voulant plus détruire la créature, sa ressemblance, parmi cette multitude d'idôlatres, il appela Abraham à lui et lui dit qu'il serait la tige de son peuple d'adoption ; c'est ainsi qu'un seul homme fut l'auteur de la nation Juive. A ces temps d'antiquité leur succéda l'ère vulgaire ou temps moderne, qui, comme ses prédécesseurs, s'écoulera par époques de prospérités et de malheurs. On a pu remarquer, d'après l'histoire, que de tout temps, que plus les nations progressaient en tout genre, que plus aussi elles s'acheminaient dans la voie de désordres.

ORIGINE DES RÉVOLUTIONS.

Une révolution est aussi un gouvernement, mais n'offrant aucune stabilité, en ce qu'il est la production d'un désordre. La Révolution est un fléau faisant partie de ceux que Dieu tient en main pour châtier les peuples rebelles à ses lois, de ces malheureux faits, l'histoire nous en instruit.

D'un sac à charbon il n'en sort pas de farine, et d'une révolution il en sort de la pauvreté.

M. de Montalambert, un des plus distingués écrivains de notre époque, disait que la révolution ferait le tour du monde. Aujourd'hui, autour de nous, que voyons-nous? Que des trônes ébranlés par un tourbillon révolutionnaire. Si M. de

Montalembert était prophète, il le fut heureux, car tout porte à croire que ses prévisions se réaliseront.

Dans chaque contrée du monde que l'on divise en quatre parties, dont chacune d'elle a sa position fixe, son climat et sa zone en particulier, ce qui fait aussi que les habitants de chaque contrée ont leurs habitudes, leur genre de vie, leurs mœurs, leur religion et leur mode de gouvernement; c'est ainsi que chaque puissance a sa raison d'être.

Nul n'a donc le droit de troubler la tranquillité chez son voisin, s'il le fait, il porte atteinte au droit de liberté institué par Dieu même.

En remontant aux premiers siècles, on voit que l'homme venant au monde apporte avec lui une inspiration vraiment toute surnaturelle, accompagnée du besoin et du désir de connaître son auteur pour en obtenir l'assistance, son intelligence étant encore trop faible pour connaître et comprendre l'exis tence de celui qui, seul, avait le pouvoir de mettre fin à ses désirs.

Son besoin, de plus en plus, se faisant toujours sentir, il se fit un devoir de se créer des images auxquelles il rendait fidèlement un culte suivi de ferventes adorations.

L'homme ne pouvait obtenir satisfaction de son désir et besoin qu'après un écoulement de plusieurs siècles, dont la durée devait prendre fin qu'à la naissance du Sauveur, époque devant mettre fin à l'idolâtrie et au paganisme.

Ne nous occupons pas des autres, chacun chez soi ; n'allons pas non plus chez les autres chercher ce que nous avons chez nous.

L'année 1789, en France, fut l'ouverture de l'ère des révolutions, qui, à l'avenir, devaient l'investir. Cette belle patrie, si abondamment pourvue des bienfaits de la nature; ceux qui l'ont pervertie sont bien criminels.

Quelles étaient les intentions des instigateurs d'une aussi

effrayante révolution, leurs intentions étaient-elles seulement de commettre le régicide ? Non, mille fois non, il fallait encore attaquer la religion dans ses fondements, massacrant ses ministres au pied des autels, portant des mains sacriléges sur les vases sacrés, profanant, spoliant les lieux saints par des scènes honteuses et profanes, en substituant des images du paganisme à celles du vrai Dieu ; ces malheureux faits sont ineffaçables, ils sont inscrits au livre de mémoire et transmis aux générations pour toujours. On dira peut-être pourquoi retracer des traits déjà mille fois retracés, pourquoi vouloir les renouveler ; 1789 est une époque qui ne sera jamais effacée de la mémoire et du cœur français, elle est passée dans le sang, elle est immortelle.

Oh France, ma belle ! Oh France ma patrie ! Dans ta détresse, souviens-toi que jadis tes rois ont mérité ce titre glorieux de rois très-chrétiens et de fils aînés de l'Eglise. A ces temps prospères, tu fus fière, glorieuse et le programme des nations. Jérusalem, ta mère, fut la reine de l'Empire chrétien et toi, comme elle, furent parjures. Jérusalem n'est plus, mais toi, France, Dieu dans la plénitude de sa miséricorde, jetant un regard sur toi. il t'envoya un protecteur qui, par son génie et son épée, te fit renaître, te rappela à ta primitive splendeur et de ton trône il en releva l'éclat. *Potentes de sede et exaltavit humiles.*

En 1830, éclate une révolution machinée que pour renverser le trône, il n'y eut de résistance que de la part de la garde royale commandée par le duc de Raguse qui trahit.

En 1848, mois de février, Paris se vit assailli par une effrayante révolution, suscitée par deux partis républicains, un proclama hautement le régime de la communauté, l'autre proclame la république modérée qui inspira moins d'horreur. Tant d'une part que d'autre, la lutte fut acharnée ; une foule immense de gardes-nationaux de la province arriva au secours de Paris et après trois jours de sang répandu, les principaux chefs de la Modérée se réunirent, et avec beaucoup de modération, ils présentèrent à la France un gouvernement provisoire et les coffres vides, sans modération, un impôt de quarante-cinq centimes par franc, ce qui donna l'éveil, à l'instant même l'argent disparut et la France restée sans argent et sans gouvernement.

La France entièrement paralysée ne pouvant rester plus de temps dans cet état agonissant. On se décida de nommer un président de modération à cette république modérée ; la France divisée contre elle-même, chaque parti ayant droit, présenta son candidat non accepté, c'était cohue.

On décréta le papier-monnaie, les assignats eurent cours, rien n'était positif, pas de confiance, la France en léthargie, comment faire. On fait appel au peuple, on vote ; par entrefaite, Louis Napaléon, prisonnier évadé de Ham, vint à Paris, se fit connaître au peuple qui, en lui, croyant retrouver Napoléon Ier, à une grande majorité il fut élu président de la République. En 1852, il fut proclamé Empereur des Français. Ce prince, comme chaque souverain dans ses Etats, jaloux d'avoir place dans l'histoire, entreprit des guerres tant en Europe qu'outre Mer.

Il est vrai que ces guerres ont rehaussé les gloires de l'armée, mais en grossissant énormément le chiffre des dépenses au-delà de ce qu'il fallait pour chaque entreprise; ce n'était pas un abus, c'était un agiotage ruineux pour le pays, ces guerres n'ayant même pas rapporté une obole à la France. La guerre d'Italie, après avoir coûté à la France tant d'hommes et d'argent, que lui a-t-elle rapporté? Rien. Mais aussi Victor-Emmanuel est aujourd'hui roi de l'Italie entière, de Naples et des Etats de l'Eglise.

En 1870, la Prusse menaçant, Louis Napoléon lui déclara la guerre, il prend l'offensive, le commandement de l'armée, quitte Paris avec enthousiasme, en tous lieux le cri à Berlin! se fait entendre. Arrivé aux frontières, il échelonne son armée, prend position et donne le signal d'attaque, par suite de fausses positions et de manœuvres dont l'ennemi profite, sur toute la ligne il est repoussé.

On prend de nouvelles positions, plusieurs combats s'engagent, plusieurs batailles se livrent, toujours le même résultat, eufin on se décide à la retraite.

L'Empereur et son Etat-Major se retirèrent à Sedan où, après une bataille décisive, il y est fait prisonnier.

Ce prince parjure, après avoir éteint, de la France, le flambeau de la foi, l'avoir deshonorée, il l'abandonne à son plus cruel ennemi. La France délaissée, abandonnée, livrée à elle-même, toujours avide de révolutions, à la suite de cet effrayant désastre, dans son effervescence, pour étancher sa soif, se livra à la plus honteuse et avilissante révolution, commettant ce crime infâme de lèse-nation, détruisant cette fameuse colonne, image de la gloire de nos pères ! Que deviendra la France avec tout son entourage de révolutions, l'avenir apprendra si elle doit subsister ou finir. Rome existe encore et possédant le Vicaire de Notre-Seigneur Jésus-Christ, protecteur de l'Eglise chrétienne, Rome subsistera jusqu'à la consommation des siècles.

FIN